Clean it!

¡A limpiar!

illustrated by Georgie Birkett

Ilustrado por Georgie Birkett

Let's make the beds.
Where's the pillow?

Hagamos las camas.
¿Dónde está la almohada?

I'm all tangled up!
Where's my teddy?

¡Estoy hecha un lío!
¿Dónde está mi osito?

What a lot of laundry!
I'm in my boat.

¡Cuánta ropa sucia!
Estoy en mi barca.

Hang this one up next.
Is Teddy dry yet?

Cuelga esto ahora.
¿Ya está seco mi osito?

Is the laundry dry?
Shall we fold it up?

¿Ya está seca la ropa?
¿La doblamos?

Do these match?
How many pairs are there?

¿Hacen pareja?
¿Cuántos pares hay?

What needs ironing?
Please can I help?

¿Hay algo que planchar?
¿Puedo ayudar?

Which drawer do these go in?
Next please!

¿En qué cajón van?
¡Otra, por favor!

What can you see in
the mirror now it's clean?

Ahora que está limpio, ¿qué
puedes ver en el espejo?

How far can this reach?
I can tickle you!

¿Hasta dónde llega?
¡Puedo hacerte cosquillas!

This is my book!
Look what I've found!

¡Este es mi libro!
¡Mira lo que he encontrado!

Oh no! What's happening?
Poor Doggy!

¡Oh, no! ¿Qué pasa?
¡Pobre Perrito!

I've nearly finished.
Is there any more?

Ya casi he terminado.
¿Hay alguno más?

It's all clean now.
Who'll dry my tea set?

Ya está todo limpio. ¿Quién
va a secar mi juego de té?

All these need sorting.
Where does this go?

Vamos a separarlo todo.
¿Dónde va esto?

Is there any more paper?
This is nearly full.

¿Hay más papeles?
Esto está casi lleno.

All done! This sink
is sparkling clean!

¡Todo terminado! ¡El lavabo
resplandece de lo limpio que está!

Can I rinse the bath?
Whoops! You're wet!

¿Puedo limpiar la bañera?
¡Vaya! ¡Estás mojada!

Look at all this mess.
Shall I sweep it up?

Mira cuánta basura.
¿La barro?

Don't drink that!
And no muddy paws!

¡No bebas eso!
¡Y no dejes pisadas!

Time for a rest.
Oh no! Not more mess!

Tiempo de descanso.
¡Oh, no! ¡No más basura!